LE

TRAITÉ DE LA MÉDUSE

(Essai de mystique transcendante)

Le Traité

de la

Méduse

Pour André Gide

LE NIHILISME SENTIMENTAL

LE

TRAITÉ DE LA MÉDUSE

PAR

MAURICE QUILLOT

DIJON

IMPRIMERIE DARANTIERE

RUE CHABOT-CHARNY, 65

1892

Je ne puis pardonner à Descartes

PASCAL.

OMME deux pèlerins, nous partîmes un matin parmi le chant des oiseaux rythmant la candeur champêtre. Des cloches sonnaient la naissance du jour, et, pour la première fois, nous fûmes étonnés de leur persistante monotonie. D'une colline à l'autre, les églises, emmousselinées d'aurore s'appelaient à travers le silence, et les vibrations de l'airain semblaient s'avancer avec le soleil, sur la terre fatiguée de sommeil.

Nos paupières vigilantes et pâles étaient levées sur le monde. Tu pris ma main brûlante : — Marchons avec le soleil, jusqu'au pays où n'arrive pas le chant des églises.

Nous avons traversé toutes les richesses humaines : — des mers glauques de jeunes blés jusqu'à nos genoux montantes, balançant leurs reflets de ciel pâle ; des champs d'ocre et des prairies merveilleuses où de fines sources soupesaient, dans leur clarté, l'or jongleur des sables.

Aux portes mouvantes de la forêt, quand le ciel fut couleur de rouille, nous restâmes un instant sur la lisière mystérieuse où déjà des voix arrivaient, et des chants plaintifs, et des senteurs rousses. Un vieux livre fut trouvé dans ta robe, et nous lûmes ensemble ce qu'on y racontait du léopard, de la fière licorne, du serpent basilic, charmeur d'oiseaux, et des caméléons à face d'homme. — Et dans l'ombre, sous les arbres, nous nous arrêtions pour laisser passer dans la tendresse du crépuscule le peuple silencieux des androgynes guerrières et le mélancolique troupeau de cynocéphales brûlés de luxures.

Déjà la nuit — avec sa figure de crêpe et ses yeux dormeurs. Nous descendions un escalier d'onyx pâle, et sur les marches, où nos pieds posaient leur caresse de buée, deux flammes blanches mettaient leur reflet. Je les voyais monter comme deux consciences, les lis qui nous conduisaient à cette Patrie convoitée que nous cherchions depuis des siècles. Ton pas se faisait agile, tu pressais ma main de fièvre, et tes yeux baissés suivaient le reflet de nos guides. — Chant misérable de la mer, cycle rythmique de nuances brèves, ô tes vagues caressant la berge de marbre où nos jambes dévoraient une fraîcheur salée. Nous avancions dans ton sein monotone, poussant, de nos poitrines unies, ton onde qui ne voulait pas s'entr'ouvrir. Vers là-bas les lis marchaient, impalpables, effleurant la crête grise des vagues, et nous les regardions partir, les paupières levées sur l'horizon mouvant, jusqu'au matin glacé qui vint mouiller nos cheveux de sa rosée.

Nous sommes revenus comme deux pèlerins au travers de la forêt où passent le mélancolique troupeau des cynocéphales et le peuple des androgynes guerrières. Nous avons traversé à nouveau les champs glauques et l'herbier des prairies aux sources dorées et nous voilà dans cette chambre où nous avons passé des siècles à désirer la Patrie.

C'est alors que tu levas ta tête harmonieuse que la fatigue tenait penchée : — Nous avons cherché en vain, car le Désir est là, et la Patrie demeure avec le Désir !

O cette nuit mortelle où je crus avec toi m'échapper de ce monde. Nous avions commencé par discourir de la douleur, et tu me disais qu'il fallait la décupler en l'analysant.

Ainsi arrive-t-on à trouver, dans cette représentation de la douleur perçue, une autre douleur plus intime et presque sanctifiée par la forme prévue qu'elle trouve dans l'analyse. Nous savions alimenter notre passion, de la moindre souffrance physique, refusant pendant des journées de prendre le moindre aliment, afin que l'esprit, suffisamment exercé par un malaise savant, pût atteindre à la vision exaspérée de nos rêves.

Comme chaque soir, nous étions accoudés à la fenêtre, et nos regards tombaient sur ce vieux jardin où nous grandîmes ensemble. Il nous plaisait de voir tomber la nuit sur ces pages mortes de notre enfance. — Et chaque matin, c'était quelque chose que nous ne reconnaissions plus, après le mystérieux travail de l'ombre.

Puis, les rideaux noirs tirés sur la terre endormie, tu vins t'asseoir sur le robuste fauteuil où nous passions les nuits blanches. Une lampe laissait tomber sa clarté sur le

vieux tapis crispé d'arabesques — où nos
rêves dressaient leurs pyramides de neiges et
d'ors.

Je me souviens qu'un soir, assis sur la
terrasse du jardin, devant l'horizon lointain
de plaines vertes et de forêts, nous lisions
quelques pages pieuses. Notre pensée était
toute à Dieu. Confondus dans une même
prière nos cœurs s'élevaient vers un ciel que
nous avions si discrètement composé — et
lorsque nos yeux se levèrent comme pour
justifier notre dévotion, la vallée avait pris
l'aspect d'une solennelle cathédrale. Sur nous,
la grise monotonie des nuages, s'étendant
jusqu'aux collines qui fermaient la vallée;
puis un soleil d'or crevant ce morne rideau,
et dans le brouillard, un faisceau de rayons
éclairant les prairies, où d'imperceptibles fils
d'araignée mettaient des lueurs d'argent
terne tandis que, dégagée des fumées grises,
l'admirable hostie du soleil s'abaissait jusqu'aux forêts lointaines.

Ce paysage nous retint jusqu'à la nuit. Et tu t'émerveillais des mouvements de nos âmes qui croyaient voir dans le spectacle de l'univers la concordance de leurs désirs et qui s'imaginaient recevoir du dehors ce qu'elles y avaient déposé à leur insu !

A ton côté, j'étais sans parole. Enigme vivante, tu t'agitais, et chacun de tes mouvements était la réalisation d'une de mes pensées ; ou bien, si tu avais l'ennui de parler, je complétais ton émotion, car nos désirs étaient les mêmes. Aucun bruit ne nous arrivait du dehors : seulement la pendule laissait tomber le bruit clair de son disque rompant le silence d'une voix régulière et grave. Je me levai pour arrêter le balancier, et, tes yeux fermés, tu m'approuvas d'un geste.

Nous n'avions pas besoin de savoir l'heure. Que nous importait le temps misérable ; nos cœurs étaient assez inquiets pour que nous entendions leurs appels à travers la

chair malheureuse. Et surtout, j'avais le
pressentiment que nous allions atteindre à
quelque rêve métaphysique. Débarrassés du
phénomène, le monde oublié, nos corps
presque éteints il ne nous semblait pas im-
possible de trouver le secret de nos douleurs : et plein de la confiance que j'avais en
ta volonté courageuse, j'éteignis la flamme
dure de la lampe.

Et le Rêve aux ailes vibrantes nous prit
par la nuque. Emportés hors du Temps et
de l'Espace dans ses serres vigoureuses nous
n'étions plus que deux forces intangibles
éparses dans une ombre d'Ether.

Tu pensais :

Telles des femmes drapées d'antiques étoffes, devers le lit symbolique et le calme grave de l'alcôve, voici les Sommeils qui s'acheminent avec, dans la courbe de leurs gestes silencieux, tout un fardeau de Nuits-sans-Etoiles.

Tragiques, les yeux clos sous les cils trop lents à battre, ils viennent comme à regret, les mains tendues vers l'âme solitaire, toute émue d'un si solennel silence : Ah ! que d'efforts pénibles pour que tu dormes ! La tumultueuse pensée a des spasmes en toi ; elle s'ingénie à crisper douloureusement tes méninges, jusqu'à ce que nos gestes endoloris la voilent d'un crêpe d'oubli. Ah ! que d'indicibles efforts pour que tu dormes!.... Et le front brûlant d'ivresses, s'affichant à la

Vie universelle, blémit de ses faibles forces,
et qu'il lui faudra tout à l'heure abdiquer
devant la fraîcheur des draps, s'étendre con-
venablement pour mourir quelques heures.
Tendresses invincibles, obligatoire repos qui
me voulez tout entière avec les paupières
closes, avec les bras abandonnés au geste suprême des fixités, avec mon cœur plus lent
à scander l'existence comme pour l'habituer
chaque nuit un peu à l'orgueilleux apaise-
ment de la Mort, je veux lutter avec votre
puissance : messagers stériles mes yeux res-
teront ouverts dans la Nuit.

Ame endolorie, pendant que tu reposes,
d'autres s'agitent qui n'attendaient que ta
mort pour leur vie. Car tout est bien réglé
dans cette symphonie primordiale où se dé-
veloppent les plus beaux thèmes mille fois
repris sans ennui, sur des cordes toujours
plus neuves. Les amours et les deuils, les
repos et les luttes, les jouissances et les douleurs dans le périodique balancement qui les

exaspère se détruisent et s'annihilent avec une régularité mathématique. — Comme devant un écran vierge de fantaisie, tu déposes sous la lueur des soleils l'ombre exacte de toi-même. Cette ombre, tu ne la verras jamais que morte ; car pour la regarder, il faudra que tu te réveilles ; alors elle dormira et ne sera plus qu'une ombre. Et si tu réfléchis que tout est mesuré, qu'entre vous deux rien ne se produit qui n'exige son immédiate négation tu sauras qu'à l'intensité de ta joie correspond une souffrance complémentaire ; et toute pitié est inutile, car on ne compatit qu'aux douleurs infinies et ici vos passions alternatives sauront avoir des bornes régulières et prévues.

Quelle Eve nous valut ce balancement systématique des équilibres, ou plutôt quelle Andromède affolée, hurlant à la mer les vertus de son héros casqué d'invisible. — Du déploiement de ces antiques symboles, il ne

2

sort encore que des gémissements passionnels
et très féminins. Mais quand arrive le glorieux Persée, le monde entier trébuche et
n'ose considérer les nobles douleurs qui l'ac-
compagnent.

Elle est inconsciente cette jeune vigueur
guerrière, son armure étincelle aux derniers
reflets des vieux soleils, sa juvénile face est
nimbée d'auréoles quelconques ; mais sa
main où flamboie le glaive, mais ses pha-
langes criminelles où les rides restent accen-
tuées d'un reflet de sang ! mais ce bouclier
cadavériquement épouvantable...

Horreur ! c'est la pauvre Méduse !

Entre ses sœurs tranquilles, elle avait pris
doucement conscience de toute sa belle
vertu. Onduleuse, le long des berges elle
promenait son corps merveilleux et si cer-
tainement proportionné, qu'une goutte d'eau
en eût terni les infaillibles lignes. Vierge
promise à d'uniques fiançailles, elle chantait
parmi les sanctuaires la noble éclosion de

sa chair : mais une haine veillait en d'altiers paradis, — de la voir si neigeuse et si calme.

Eternel hibou de l'Acropole, du haut de tes autels militaires et intelligents, descends jusqu'à ces rives impollues où cette enfant fleurit son sourire : il faut flétrir tant de charmes : Holà ! Neptune au trident, tout verdi de mousses et d'algues salées !...

Car tu ne savais pas, ô Amie, que les Dieux se fatiguent d'être immortels. Un peu de haine diversifie leurs occupations stériles. Aussi quelle joie de mêler à tes beaux cheveux la tête aplatie des vipères, d'abaisser vers ton menton la courbe désormais tragique de ta bouche, de tirer vers les tempes tes beaux yeux maintenant implacables, de mettre à ton cou le riche collier des Calvaires !

Et sur le bouclier où tu figes les caillots de tes veines, te voilà maintenant objet d'horreur et de pitié promené par le monde — qui s'endort sous ton regard insatiable.

— Immobiles, notre pensée semblait s'identifier aux forces en puissance dont nous étions entourés. Je devinais ton essor infatigable et comme toi je m'efforçais de concevoir les nouveaux univers où ton âme m'entraînait. Parmi cette Psychostasie nouvelle, tous deux éperdus, nous ne sentions que la déplorable lenteur de la pensée qui nous empêchait encore de dominer l'ensemble, et nous nous attardions à des détails qui nous imposaient leurs merveilles.

Nous pensions :

La Méduse, c'est l'ombre sur l'écran. C'est cette âme vagabonde qui ressemble tant à la tienne et pour qui tu meurs chaque jour

un peu. Lorsque tes yeux se ferment, elle se
réveille, elle regarde, et comme elle ne peut
pas voir autre chose que toi, il faut que tu
dormes. Et quand à son tour elle dort, c'est
que le mouvement revient en tes chairs, pour
des instants inappréciables.

La Méduse est le complément de ton âme
et vous êtes les deux parties d'un glorieux
Tout. Petit être d'amour joyeux et de prin-
temps, toi qui n'eus jamais une idée de haine
ou de vengeance, c'est que la Méduse, là-
bas, parmi l'automne sympathique et sentimental comme tout ce qui s'en va, — ronge
son cœur gonflé de fiels. — Sur le clavier
de ta vie, des notes existent qui n'ont jamais
été touchées. Des circonstances que tu crois
imprévues ont réglé quels devaient être les
accords habituels de ton existence. Comme
tu n'as jamais réfléchi à tout cela, il te faudra sans cesse moduler des mêmes tons aux
mêmes tons, et trouver quelque joie à cet
exercice. — Et c'est ici que l'on comprend

tout le méticuleux intérêt des psychologues :
un seul comma peut tout changer. Penchés
sur les tables harmoniques, ils devinent quel
son imperceptible a pu jeter le trouble dans
un cœur inquiet de lui-même, tel dièze im-
prévu, brisant les fines enveloppes sonores.
— Ils ne sentent pas que chaque être détient
en germes toute la combinaison des gammes
et qu'au lieu de chercher avec étonnement
les causes cachées de tout ce qui existe, il
vaudrait mieux établir pourquoi quelques
cordes misérables et désunies sont seules à
vibrer parmi l'infinité chromatique et l'ensemble. O réduire la Méduse au silence, et
pouvoir chanter une harmonie vraiment
complète serait mon rêve brutal, et ce serait
atteindre la perfection sans nuances où le
rêve est inconnu, ce serait atteindre à la divine extase dont le geste immobilise sa tran-
quille beauté parmi l'ombre du sanctuaire.

Cependant lassé de toute indécision, tu as
fermé ta porte, un soir que le monde t'éner-

vait jusqu'à la folie. Dans la chambre close
où viennent mourir des bruits indistincts, tu
as réfléchi mollement à tous tes spleens ;
mais, éperdu dans ta ganache, les forces te
manquaient de penser et d'écrire. — Sou-
dain l'ombre s'éclaire ! Est-ce un rêve ? Là-
bas, derrière la table chargée de besognes,
la voilà, la Méduse, qui me regarde avec des
yeux étonnés. Sur l'écran où l'éclat de la
lampe la projette, l'ombre est devenue vivante ; la grise silhouette est maintenant lumi-
neuse, tu vois son visage brutalement sabré
d'ombres noires qui font ressortir la toute ma-
jesté de ses chairs ; jusqu'au fond de ses yeux
tu lis avec ivresse, et presque sans comprendre, toutes les sympathies rêvées. Oh ! c'est
bien elle, telle que tu la pressentais, image
fugitive et renversée. —« De plus près je veux
te voir. » Comme toi l'ombre vivante se lève.
Ses gestes semblables aux tiens te répondent,
mais *en sens inverse*, et à ta main droite elle
tend sa main gauche.....

..... et jusqu'à l'aube, tu es resté devant le Miroir où tu te *médusais* toi-même !

O qu'elle est intéressante cette moitié qui nous complète. Elle nous semble presque parfaite, car elle possède toutes les qualités qui nous manquent et les défauts que nous souhaitons. Les plus puissantes méthodes ne peuvent guère changer à nos façons et le germe qui est en nous ne peut être que développé. Lorsque l'avidité nous jette aux bibliothèques, lorsque les métaphysiques nous convient à d'austères divertissements, nous sentons alors un certain penchant se développer jusqu'à l'extase. Et cependant nous ne saurions aimer sincèrement ce que disent tous ces livres : c'est une conversation avec des morts où nous sommes toujours trop habiles. Notre inquiétude se refuse d'accepter les théories toutes faites et ce que malgré nos affections faciles, nous cherchons sur ces étagères

fécondes, c'est une voix qui nous stimule,
un aliment à donner à notre âme, un pié-
destal cimenté de génies, où poser nos for-
mes.

Avec toi je brisais les cadres habituels du
Monde. Tu m'appris l'assimilation des con-
cepts et le moyen d'atteindre ces abstractions
réunies près desquelles nous jetait l'horreur
des Eclectismes.

Nos pensées se systématisaient en de clairs
paragraphes :

$\frac{z}{z}$. — Nous ne connaissons qu'une partie
de l'Univers : le mouvement. La vie est la ma-
nifestation d'une lutte et c'est en l'homme
que la vie arrive au plus haut degré d'intensité consciente. L'homme est nécessairement
imparfait, puisqu'il est la représentation d'une
fraction de l'Univers. Sa loi est donc l'action.
Joies ou souffrances, qu'importe, si il se pas-
sionne.

Et tu développais avec moi la *Psychostasie*

L'éternel besoin de repos se manifeste dans l'activité même du monde. C'est le but qu'il faut atteindre ; et les marchands font retentir les halles du tintement des poids sur les plateaux des balances, les fanfares hurlent la guerre au sein des cités, les laboureurs éventrent la terre, — avec le seul espoir d'un repos où toutes les fatigues viendront s'apaiser.

La réflexion ne vient pas à l'homme du vieux désir qui va se réveiller et le mordre au cœur pour toujours — que les traités de paix sont vains, avides les balances et la terre insatiable. Sous mille symboles l'activité s'épanouit et brise les cadres, pour les recomposer ensuite plus calmes en apparence, et cependant plus étroits que jamais (*).

Sur les plages où la mer déferle ses vagues toujours pareilles, le penseur solitaire s'énor-

---

(*) Seule la grande Esthète attend sur le seuil, dans sa pose troublante de cher sphinx, un doigt sur la lèvre, recommandant le solennel silence des mausolées.

gueillit de cette fébrilité, majestueuse mani-
festation de la pensée divine — qui se repose
nécessairement pendant que la créature s'exaspère. Car l'homme est ainsi fait, qu'il doit
s'agiter sans cesse. La vie est un perpétuel
mouvement de tout son organisme et de
toute sa pensée. Les vents se déchaînent et
courbent les forêts résistantes, la mer hérisse
sa crête de vagues ; autour des globes les
nuages se forment pour se condenser et se
reformer sans cesse ; et l'homme qui chaque
jour acquiert une parcelle de science ou de
fortune, poussé par Quelle main, s'avance
plus inassouvi que jamais vers le but indé-
cis que le Désir éloigne chaque jour de sa
bouche.

§. — Puisqu'une partie de cette force complète qui est l'Univers s'objective dans le
monde des phénomènes, l'autre partie doit
nécessairement agir en sens inverse, car l'é-
quilibre ne peut pas être rompu. Les Médu-
ses qui sont le complément de nos âmes se

réunissent donc en la seule idée de Dieu. —
Les négations ont leur intensité : la profon-
deur du silence est en raison directe de l'a-
cuité de la voix.

Et tu développais avec moi la *Métapsychose* :

Au delà, la Méduse se repose, qui n'a ni
faim, ni soif, ni passions, ni délires. Le geste
ébauché par l'homme se fixe et s'immobilise
à jamais, le cri se résume en une seule vi-
bration, et s'éteint dans le silence illimité.
Nécessaire contraste de notre désordre, l'au-
delà dépourvu de calculs et d'analyses impose
sa vision cadencée au regard des mondes. —
Cette vision nous contredit et nous affirme
en même temps : elle ajoute sa force négative
à notre affirmation : de notre excitation dépend son calme, de notre activité son repos.
— Et dans la chair imparfaite, le Désir est
resté qui sans cesse attire l'homme chantant
parmi ses muscles et ses lyrismes la gloire de
l'Immobile-de-Cœur, sans s'épouvanter de

ce que tant de bruit est compensé par tant
de silence !

Le mouvement est localisé dans l'homme
qui est la partie agissante de Dieu. La seule ré-
volte contre la souffrance serait un optimisme
léthargique ; mais l'implacable Méduse du
haut de ses fenêtres éternelles a jeté à la créature des prophètes et des lambeaux de foi.
Incarnation de ses fils lucides, chantant aux
bourreaux les nouveaux rituels, ah ! qui n'a de-
viné la vanité de vos supplices. Le livre à la
main, nous avons couru en tous sens sur le
promenoir circulaire des horizons, et les portes sont restées fermées : nous avons embou-
ché la trompette hosannable et personne n'a
répondu. De grossiers et populaires symboles
étaient notre vaine pâture, car vous aviez,
— *pour que tous comprissent,* — drapé les
vérités éternelles de vos psalmodies mélanco-
liques. Un sourire d'ineffable bonté dans la
mort stupide des assassinats suffit à nous jeter
éperdus sur le velours de nos prie-Dieu. Mais

c'est parce que nous refusons à tant de folie, et que nous arrivons à douter de votre Rêve.

Il n'y a pas de géométrie sentimentale et crucifiée — et dans les Univers, tout s'accomplit avec une régularité mathématique. — Au-dessus de la redoutable machine aux balancements implacables, ce Fils a déployé la mélancolie. O du jour où sur la montagne il apprit aux peuples les souffrances joyeuses, les affolements irresponsables en sa toute Commisération, les heurts et les flagellations des cellules, les extases rédemptrices, la vie impalpable et monotone pour Lui, la terre s'est voilée d'un crêpe. Et les églises ont beau chanter avec toutes leurs cloches ; ce qui tombe sur les dalles des transepts n'est que tristesse et larme. — Car nous ne voulons pas la joie qui déforme les traits de nos visages d'hommes si bien façonnés par les larmes et la contraction grotesque du rire nous répugne : Mais cependant, pourquoi cacher Dieu derrière le Sentimental ?

Comme nous allions entrer dans un nouveau cycle d'idées, une lumière se fit dans le ciel. Nous unissions nos regards pour mieux voir la fantasmagorie de ces deux mille pêcheurs couchés sur la rive d'un lac rose sous des palmiers en éventail, la lumière du soleil laissait tomber de fins rayons éclairant des têtes attentives et silencieuses. Une voix montait, dominant les chants liturgiques que d'inconscientes voix enfantines jetaient sur le calme des berges. — Et sur le bateau, c'est Jésus entouré de délicatesse, qui donne au peuple le désir de son cœur.

Il enseignait la méthode de la vie bienheureuse, appelant à lui les délaissés et les misérables.

Dans la douceur du couchant, il déroulait ses

*paraboles et imposait au monde le désir de souffrir pour lui. Et sa doctrine se résumait :
« Sur cette terre imparfaite, soyez passionnés
jusqu'à la folie. Je veux que mon culte soit dans
vos cœurs, et que nul ne me voie en vous. Sachez
ma tendresse comme un trésor, ma toute tendresse
qui vous sera donnée si vous savez pleurer. Je
ne saurais aimer les heureux ; ils n'ont que faire
de mes conseils. Mais c'est à vous, hommes pauvres, que je veux apprendre l'art d'admirer et
de comprendre la douleur. Ce que je vous enseigne est donc de combattre sans cesse vos penchants naturels ; vous avez en vous de quoi vaincre. »*

*Et le cortège pacifique des enfants chantait
avec le peuple juif d'admirables prières — parmi
la fantasmagorie de ces deux mille pêcheurs,
couchés sur la rive d'un lac rose.*

L'Eternel disait par la bouche hurlante d'Ezéchiel : Convertissez-vous et vivez — vivez
une vie intense dans votre chair et dans votre

pensée, vivez les minutes doubles avec une ardeur insatiable : sur la terre où je vous ai mis, agitez-vous sans cesse, pour qu'en revanche je puisse me reposer ; — de cette béatitude dépend ma divinité, car vous êtes un peu d'infini allié à de la chair....

Or comme à de certaines époques les races fatiguées tombent au bord des chemins, les bras inertes, l'Eternel envoie ses Fils sur la terre. Du haut des Calvaires, les mêmes dogmes étouffants nous ensevelissent. — Et cependant l'homme sent qu'une telle morale ne lui suffit pas. Sa raison est ainsi désespérément constituée qu'une seule géométrie lui semble possible (*). Depuis des siècles, les mêmes poèmes sont répétés, pour satisfaire la créature qu'un besoin de repos engourdit. — L'inquiétude cependant demande un peu d'ac-

(*, Dans une philosophie pratique, dit Kant, il ne s'agit pas de donner les raisons de ce qui arrive, mais les lois de ce qui devrait arriver, *cela n'arrivât-il jamais.*

tion : Petit abrégé de l'Univers en formules, voici les sciences offertes, comme la seule satisfaction possible, mais combien impuissantes, puisque les plus admirables découvertes n'ont pas changé la vie : elles ont seulement différencié la façon de vivre.

Ah ! disent-ils, nous n'atteindrons jamais la vérité si nous regardons à nos pieds. Il faut lever la tête et percer la nue pour trouver les prémisses de cette métaphysique superbe avec laquelle nous sortirons du monde. Nous sommes constitués pour la vie terrestre ; et cependant notre raison conçoit sa faiblesse et l'infini. Débarrassés du phénomène, nous nous servirons de la raison pour bâtir le nouvel édifice sur des bases éternelles.

Et la base de la science nouvelle doit résulter de la contemplation de cette essence divine qui nous complète. Elle a semé sur notre route de multiples obstacles afin de motiver l'action, qui détermine son apathie. Que ces obstacles viennent du dehors, ou que nous les trouvions en nous, peu importe : leur existence est indéniable.

§. — Par la contemplation du Moi, on arrive à en définir l'essence et le mouvement, nous devons, dans la Méduse, qui est le complément et la négation du Moi, retrouver nos qualités et nos défauts qui, obéissant à la loi d'équilibre, doivent se développer dans un sens inverse. Il faut que la lumière soit complétée par l'ombre, — sans laquelle on ne saurait la comprendre, — et que l'ombre soit d'autant plus profonde que la lumière est plus vive (*)

(*) Il ne faut pas déduire de ceci, que l'ombre, le silence, la mort, sont les contraires, les négations de la lumière, de la voix et de la vie. Dans l'univers des *quantités négatives*, il y une vie, une voix et une lumière. L'ombre n'est donc que le moment où la lumière atteint au point zéro avant de repartir, négative.

La mort est un passage aussi : c'est le suprême instant où, sur le seuil d'une vie nouvelle, aucun geste ne nous est permis. Grave instant où nous atteignons à la toute beauté dont est capable notre individu.

Et je crois que le moment n'est pas loin où nous

Harmonieuse Méduse, contrepoids de l'u-
nivers, c'est par la définition du Moi que
nous arrivons à te comprendre. A travers les
espaces nous te pressentons aussi forte et
profonde que nous sommes faibles et mes-
quins, fondement d'une Métapsychose infail-
lible, clef merveilleuse du grand problème,
fleur régulière et parfaite de l'éther vierge !

découvrirons à côté de nous cet univers mystérieux
de la Méduse.

Les religions nous ont appris au moins ceci :
1° que leur méthode merveilleuse n'est plus appli-
cable; 2° que le bonheur est ridicule; 3° qu'elles
arrachent à l'homme le plus de douleur possible;
elles en ont fait une machine à souffrir.

Malheureusement nous sommes la moitié de Dieu;
nous le voyons comme nous sommes, à travers la
chair, selon nos désirs, c'est-à-dire tout à fait imparfait. Avant que nous soyons devenus « l'essence
divine », il faut regarder avec plus de droiture.

Comme le Père Malebranche avait raison lorsqu'il
disait :

« On fait Dieu injuste, c'est là l'erreur; et le dé-
règlement consiste dans la conformité de sa volonté
avec celle d'un Dieu imaginaire. »

Mes yeux ouverts dans la nuit s'illumi-
naient de toutes ces visions passées : je me
souvenais. — Effrayé je t'appelais dans les
ténèbres et tu ne répondais pas : « Réveille-
toi, nous avons trouvé la Patrie, nous avons
encore le Désir. » — Mes mains trainaient sur
le velours du fauteuil où tu devais être, mes
doigts s'égaraient jusqu'à la lampe enfin qui
jeta sa clarté dans la chambre vide. « Chère
âme que j'avais choisi, m'abandonnerais-tu ? »

Mais dans le miroir qui ouvre sur l'infini
sa porte claire, te voilà. Te voilà, non pas hi-
deux Gorgonéion aux cheveux de vipères,
mais telle que je te voulais, Méduse d'harmonie et de grâces enveloppée. Vers moi

tu t'avances, autant que te permet la barrière
transparente du cristal dont la fraicheur
sépare nos lèvres, — et jusqu'à l'aube je
suis resté sous ton regard insatiable, ma main
gauche dans ta main droite, sentant dans ma
poitrine mon cœur sonore répondre aux
battements de Ton silence !

Saint-Mandé.
Mai 1892.

Dijon. — Imprimerie Darantiere.